歌集

聴雨

鈴木竹志

Suzuki Takeshi

六花書林

聴雨 * 目次

二〇一九年

二〇二一年

装画　小村雪岱
装幀　真田幸治

聴雨

ちやうう

栗の実　二〇一三年

のんびりと今年の秋はやって来る栗の実りも一月遅れ

一ヶ月遅れて届く栗の実のつややかなるを卓に並べぬ

子規の歌読みつつけふも学生に病苦の子規と律を語れり

夕暮れの電線の上そろひ踏みしゐるごとくに椋鳥並ぶ

水平に飛びゆくときの姿よきひよどり小僧にけさも出合ひぬ

葉を落とし冬に真向かふ木々たちは修行僧のごと立ち尽くすのみ

南天の紅き葉のみが揺れのこる夕べの庭にしばらく独り

冬晴れの空に向かひて飛びたてる鳥のいのちの今朝はまぶしき

アルジェより非命の報の届く夜半湯湯婆の湯の沸くを待ちゐる

つぐみ

養生をせぬまま放置せし鉢にいたく律儀にシクラメン咲く

冬枯れの畑に来たりて餌を探すつぐみに声をかけたくなりぬ

地蔵堂守るごとくに枝を伸べる古木の梅に白き一輪

ひなどりのやうな目をした若者がコンコース行く就活ならむ

飽きるなく正岡子規を語れども学生たちはほどよく眠る

携帯のなかりし頃に帰りたし車内はいつもほんわかしてた

地下鉄の車内ひたすら指のみを動かしてゐる若者多し

妹の名前は父がこだはりてつけしといふにああ忘れたり

わが父は妹の名を忘れたり長男われの名前は答ふ

被災地へ

シオカラに八丁蜻蛉もあらはれて水路の岸辺はトンボの銀座

栗の実がぐんぐん太る夏の庭応援団の蟬もひた啼く

レンタカー駆りて被災地巡りゆくただ見ることを己に課して

ボランティアできぬわれらが被災地でできる支援とお金を使ふ

露草の青のみ映ゆる朝の道老いたる犬を引き連れ歩む

韮の花星の如くに咲きてゐる細道を行き秋に真向かふ

秋空をぐるり見わたし雲さがす飛行機雲の幾条のあり

徳川美術館

伝定家ではなく定家自筆なる安玄御賀記《おんがのき》を読まむとす

ゆくりなく青表紙本思ひ出す定家筆とふ展示物ありて

下野草咲きてゐたるが慰めとなりて出でたり徳川園を

装幀の真白き羽根をながめゐて心はゆれる『トリサンナイタ』

『あやはべる』読みつつここにも親元を離れむとする息子がひとり

上村松園展

「序の舞」のなかりしことをくやしみて上村松園展を出でて栄へ

若き日に『青眉抄』読みしこと思ひ出づ上村松園展に行きて

静かなる色彩充つる松園の絵に魅せられて四十年経つ

連休明けの四十人の学生に晶子を語る過半眠れり

『みだれ髪』復刻本を見せなどし眠気覚ましにせむも空しき

Ｋ君の死

享年四十九いくらなんでも早すぎる　若き友Ｋの死は

熱血でありしがゆゑの夭折と思ふもやはり無念でならぬ

熱血でありしがゆゑの衝突も幾たびもあり制止はしたが

喪の列の一人となりしわれなれど悔しさのみが襲ひてやまぬ

教職を天職として生き抜きてかく無惨なる結末あるや

目の前の生徒のためになるならと己の時間すべて費やしき

迷ひなく教師を選びし君だから後悔せぬか　いや早すぎる

十数年同僚でありし君ゆゑにわが悔しさはいやまさるのみ

仕事への抱負をつねに書きありし君の賀状はもう届かぬか

緩和病棟　　　　　　　　二〇一四年

矢面に立つこと苦し大方の矢は避けたれどたまに避けえず

年末よりわれをおそひてやまざりし口内炎も四月には消ゆ

一波、二波　波状攻撃そのままに口内炎はおそひてきたり

教へ子の見舞ひをせむと来たれども歩みは鈍し緩和病棟への

死にむかふ時間を生きる君の前すべなくわれは言葉をつなぐ

メールにて訃報は遂に届きたり十日ほど前見舞ひをせしが

孫といふあらたなる者がわがまへにあらはれいづるは七月らしい

屋根瓦

満月の光をもらひ屋根瓦黒光りする正体を見す

彗星のしつぽを見むと早起きを課する覚悟のわれにはあらず

紅葉の林の色をたちまちに奪ひて霧は峰をのぼれり

ゆつたりと手をつなぎゐる巨人らのごとくに佇てり送電塔は

東日本大震災

震災の翌日われの定年を祝ふ会あり永久に忘れず

定年を祝ひてくれしテニス部の生徒もいつか五十歳を超ゆ

軽やかに就活せぬと言ひきりし学生は読む北村透谷を

遅ればせながらと咲ける山茶花はわが町一の遅き花なり

報道は原発事故に収斂し迫れる危機に怯えし日々あり

叱咤

会ふたびに厳しき叱咤くれし人建国記念の日早暁に死す

理不尽と心底おもふ評論の先達たりし小高氏の死は

遠き日の小林峯夫を語りゐる島田修三実に嬉しげ

立春の夜　原点なればまたも読む「こひねがふ国御座なく候」

新聞に掲載されしわが原稿校閲といふ試練くぐりて

懺悔

豆撒きも二人だけではわびしくてそれでもわれは鬼の面被る

携帯が一度も鳴らぬ日のありてよきかなよきかな繋がらない日

「あぶさん」が最終回となる漫画雑誌創刊号より読みつづけこし

やぶ椿高きにあるは早く咲き早く散りたり春なほ遠し

蠟梅はありがたき花師走より咲き継ぎ睦月、如月、弥生

雨の日もゴミ収集車は巡りきて黄色いカッパがゴミを積み込む

人さらひしくじりたるごと午後の辻帽子の人が背を丸め去る

施設の父

休日の車内にあふれる子供らの声はよいかなよいかな春だ

平日の昼前の駅人はゐず手持ちぶさたにハナミズキ咲く

談春のやうな男がタバコ吸ふコメダ珈琲そろそろ出でむ

白き花ばかりが目立つ六月の庭にくははり梔子も咲く

九十年生きてきたれどおほかたの記憶うしなふ施設に父は

斑の入りしつはぶきの葉を見つめつつ介護施設の父をおもへり

清楚なるがくあぢさゐがよろしきと六月のわれつくづく思ふ

係累

係累のひとり生れたるこの夕べ病院前の川に亀さがす

孫といふ係累生れし七月の二日解釈改憲決まる

わが無聊なぐさむる糧求めむといつものごとく書店に入りぬ

読みたき本見つけて買ふにまさりたる喜びあるを知らむともせず

主なき庭にわが世とあらくさの競へるわびし七夕の朝

『遠き橋』読み継ぎゆけば瞑目す至福のときにしばし浸りて

広辞苑第六版に載りてゐる「ウルトラマン」はわれらのヒーロー

広辞苑第六版に載りてゐる「月光仮面」どーこのだれかは……

終刊

栗のみがわさわさ太る夏の日々政治家たちは驕りてやまず

民草の心知らざる政治家がよかれよかれと悪しきを決める

使用済み核燃料が増えざるは良きことなれば再稼働×

同人誌終刊なれば締め切りがもう無いといふことの恐ろし

歌の友多くを得たる歌誌なれば終刊なるは別けてさびしゐ

韮の花

彼岸花咲きゐるかたへ星々を集めたやうな韮の花咲く

このあたり雨風食堂あるといふ駅裏小路とろとろ歩く

結局は梅の木学問なりしかな身に付きしものほとほとあらぬ

一人でもスマホがあるからいいといふ感じでホームに立てる人たち

二〇一五年

愛嬌

五色沼に来たりてまたも桃味のソフトクリーム買ひてしまひぬ

被災地の映像乏しくなりゆきて十一日のみ流す各局

こんな日もあるのか不意に目白二羽わが山茶花の垣に立ち寄る

訪れのとぼしき目白この春は時折来たりて愛嬌を見す

話すより指を使ふに執心の日本人よ声が寂しい

明滅を繰り返しゐし外灯が遂に命を絶たれて黙す

人間は邪魔だと言はむばかりなる鳩がうろつく六番ホームに

春のおとなひ

火曜日は雨が多いな病院に通ふ母への意地悪ならむ

諏訪湖には氷のなくて坂道をゆけば下社の春宮に着く

藪椿ほつほつ咲ける下に来て一升瓶の転がる憎し

三月の川辺に亀は出で来ぬか大松達知愛しむ亀よ

雨音のはつかなるをばさびしめど春のおとなひかく緩らかに

畑中の道を歩めば会釈する幾人ありて嬉しき夕べ

さみどりの網を被りてゐるごとしメタセコイアの春のすがたは

冬鳥大人

伊予の国大洲生まれの冬鳥の久留米の家に電話をしたり

あしらひの厳しかりしが手に入れし『忘路集』読み幸せになる

繰り返し読みても飽かぬ小説の書き手のひとり佐伯一麦は

仙台に良き小説家、歌人ゐて佐伯一麦と佐藤通雅

宮英子さん

百歳まで生きておはすと思ひしにこたびの訃報信じがたしも

お茶目なる宮英子さん知るゆゑにわが悲しみはいやまさるのみ

剣呑な法案可決されむとする今こそ読むべし『山西省』を

アベリアの花殻つもる秋の路安保法制採決なるや

茱萸坂に人のあふるる秋の来て政権与党の傲岸不遜

酒

愚痴のなき仲間と酒を飲む夜は酒も美味いし悪酔ひもせぬ

二時間の飲み放題の店なれば二時間経てばやんはり追はる

『北窓集』届きて秋の楽しみのまた一つ増ゆ緩りと読まむ

電話一本かかりては来ぬ日のありてそれはそれでなんだか寂しい

公園の芝生にどつと生えだした雨後の筍ならぬ茸が

偲ぶ会

誰も誰も楽しく酔ひて宮英子さんを偲ぶ会良き会となる

定員の倍近き人こぞりたる会となりたり英子さんだから

なごやかに宮さん語る人たちの満ちてゐる会うれしき会ぞ

旧交をあたためてゐる人たちもゐてうるさいが大目に見よう

英子さんと初めて声を交はししは平成元年京都大会

『婦負野』のみいまだわが手に入らぬは口惜しきなり待つにしくはなし

「灯船」を宮英子さん読まぬこと不意に思へりいたく寂しゐ

コアラ舎　　　　　　　　二〇一六年

日に一度野良猫Aはわが庭に立ち寄り何か悪さをしたり

わが町の見廻り役と心得て野良猫Bが悠揚と行く

頭の痛みこらへて来たる獣園に生き物たちの臭ひ顕ちくる

コアラ舎の五頭全員就寝中なすすべもなく次の園舎へ

信号の変はるを待てる若き女踊りてをりぬ傘を振り振り

公園の遊具調べる男ゐてかがまりしましばらく立たず

しつかりと紅刷きてゐる女子高生違和ありたれどまあ良しとする

地下鉄の車内におでんを食らふ人ゐたれど誰も咎めはしない

原宿の駅に降り立ち明治神宮へ向かはむとしてここは日本か

異国人みな愉しげに写真撮りおしやべりをする神宮参道

定位置

亀眠る一月半ば石のみが日向ぼつこの小川のほとり

肩を寄せ眠りてゐたる亀思ひ愉しからずや寒中妄想

一昨日の雪少しだけ残りゐる日陰を歩む近道ならず

たたずまひゆかしき鳥を見つくれば立春のけふよろこび湧けり

浮き寝する鴨に問ひたしあてどなく流れにまかす身のあやふさを

如月の雨はもう雨らしくなり冬とのわかれ急ぎゐるのか

定位置を得るはむつかし青鷺はきのふ小川の右岸にありし

定位置を守らむとひたにあがきたることもありしかなべて茫々

定位置を得たる途端に慢心のほのかに兆し後の高慢

定位置をあらそふことは愉しきかさういふ時も確かにありき

定位置を不意にうばはれゆくことに怯えし夜半の続きしも昔

けふはまた定位置にゐる青鷺に「お帰り」といふのもなんだかなあ

立ちこぎ

沈丁花香る坂道立ちこぎの女子高生にたちまち抜かれ

もくれんが空に見ほれて口開くる春となりたり声も聞きたし

亡き人の葉書を書架に飾りおく雨宮さんに宮英子さん

遠き日に安立さんにいただきし葉書の行方いまだ知られず

白梅の満開なるを仰ぎみる人を眺める車内にありて

妻退職す

退職の妻労はむと来たりけり四十二階フレンチ三つ星

一生に一回くらゐ贅沢のかぎりもよきと妻を連れ来たり

ミッドランドスクエア四十六階スカイプロムナード夜景美《は》し

名古屋駅コンコースに流れゆく外つ国人の去年より増しぬ

柏崎さん逝く

本棚に確かな位置を保ちゐる『北窓集』の著者は逝きたり

歌会の席にやむなく伝へむとして涙にじみ来柏崎さんの死を

ハナミズキ白きが空に色放つ朝の道に亡き人おもふ

『北窓集』読みさして聴く雨の声あわてなくてもいいんだこの世は

ひさかたの光乏しきホーム下羊歯のたぐひの繁れる怪し

天然もの

改札はＩＣカードの触るるたび声をあげをり辛くはないか

エアコンの風にやうやく慣れるころ秋風といふ天然ものが

五分ほど降りて止みたる俄雨うるほすまでは降らざる悔し

猛暑日の夜半に鳴きゐる虫たちよ無理はせぬこともう少し待て

『宮柊二歌集』一括重版のリストに入りて遂に九刷り

新婚のわれらテレビに映りたる「沙のしづもり」の世界に見入りき

声あげて『山西省』の歌読めば学生たちも粛然と聴く

雑草

畑脇ぐんぐん伸びる雑草は勢ひあまりて村飲み込まむ

一晩でわが家の庭が雑草に占有されてしまふといふ夢

隣家の庭すでに取る人のなくて雑草たちの聖域となる

隙あれば雑草たちはどこにてもおのが領地にと攻めてきたりぬ

根絶やしにするなら薬剤まき散らすなんていふ手は使ひたくない

レールまで覆ひ尽くさむと蔓伸ばす雑草一味の先兵は葛

雑草を取りてやまざる人なくば鉄道もまた安全を得ず

炎天に雑草を刈る人らゐて感謝すべしとひたすら思ふ

昔むかし雑草魂などといふ言葉ありしが見向きもされぬ
雑草のいとどはびこる庭のごとわが書斎には書の乱れをり

二宮冬鳥のことなど

歌誌「高嶺」二宮冬鳥追悼号見つけだし読む遅まきながら

冬鳥を悼む石田の文章に高野公彦の名もありてうれしき

ただ一度会ひたるのみにて忘れがたし石田比呂志の豪気なる弁

肉声を聞きてたぢろぎ用件をおろおろ言ひき冬鳥大人に

用件は『忘路集』購入のこと聞き入れられて歌集は届きぬ

過日、信州伊那、高遠城址公園を訪ふ

子規の友中村不折の生まれしは伊那と知る高遠の桜見し後

不折描きし清酒「真澄」のラベルさへ展示されたり博物館に

洋行の不折を思ふ子規の文『墨汁一滴』にかつて読みたり

書道家の不折を知れる歌人は少なからむと博物館に

猫

なにゆゑかマスク一枚流れ来て我が家の庭に安まりてをり

安保法施行されたりコストコのパンを食みつつ朝が始まる

わが横をすりぬけてゆく猫に問ふ「なんぞ愉しきことのありや」と

公園の松の根元に生えてゐる茸を見詰む　松茸ならず

甘味

二〇一七年

元旦の麻布茶房の栗ぜんざいゆるり一匙ごとのしあはせ

日本酒のあてにと饅頭食ひしことあれど二度目のあらぬ隠し芸

粒あんを噛みしめてゆく幸せはゆめ語るなとわれもおもへり
至福とはいくらなんでも大袈裟とおもへど今日のどら焼きうまし

良き人

はろばろと光あふるる冬の朝良きこと良き人あらはれいでよ

繁栄のしるしのごとく見ゆれどもクレーンの林立空を狭くす

青のみが塗りつけられた空がありしろがねの機はしろがねのまま

配列のよろしき雲の流れゆく立春の空眺めて飽かぬ

各駅の列車に得たる空間と時間はしばし歌の泉に

咳をするくしやみ連発鼻すする春の列車に勝手な合奏

一頻り咳したる人ゐなくなり静穏となるのぞみの車内

顔面処理

元気よく優先席を目指しゆく老いの一人にわれもなりたり

桶狭間古戦場跡見えぬかと大高駅のホームより見下ろす

快速に何度もぬかれおろおろとわが各駅停車名古屋に着きぬ

清廉といふにふさはしき政治家のこの頃をらず傲岸ばかり

一連の顔面処理を熟しゆく手業に見とれ乗り過ごさむとす

外灯

夕暮れの田植ゑ終へたる水田は鏡となりて夜空を迎ふ

花といふにはつつましき花咲かすブナ科の木々は初夏の山辺に

山中に一つ灯の見えたれば電気を送るなりはひ想ふ

外灯の照らせる域を出づるとき「闇の絵巻」にわれも入るらむ

伊豆の地に「闇の絵巻」を綴りたる基次郎のこと懐かしき夜半

中国の児らにせがまれわが名前漢字で書けばいたくよろこぶ

レジ打ちのベトナム人の日本語のあな涙ぐましも心こもりて

落ちる音聞きて判別できるゆゑ一円玉にも立派な矜恃

溜めることかつては美徳平成も末期になれば悪徳になる

風呂に入る前のひとときなにゆゑかその名浮かびぬゾシマ長老

良き歌集

二〇一八年

良き歌集読めばおのづと酩酊の気分となれり例へば『流木』

『流木』の後半多く震災詠読みつつわれらの未来を想ふ

五十年の歌業一冊に集約す『落葉樹林』浄き集なり

西脇の晩年に付きそひし歌人山本清に知らざる多き

アマゾンで本を買はないことにした本があまりにかはいさうだから

本屋さんの棚に並びて背を見せて本のいのちが灯りはじめる

借りるより買ふを楽しみ中二より書店通ひのわれでありたり

亀井勝一郎全集買ひ求め読みしは高一動機忘れし

一強継続

一強が一強続けむとする選挙虚しくされど一票投ず

「国難」を唱へし総理が国会の所信表明あつさりと終ふ

六百億使ひ自党の延命をはかりし選挙めでたく終はる

台風も迫り投票に水を差しぬ天も厭ふや無駄なる選挙

トランプに足元を掬はるる前に何とゴルフで総理は転ける

ＭＲＩ検査

哀感を詠むといふのは苦手なりとりとめのなき日録となる

ＭＲＩ検査受けつつ俵万智、穂村弘の歌を憶へり

奇つ怪な音次々におそひくる洞に十分　ＭＲＩ検査

快速に二度抜かれゆく鈍行の「鈍」が好きなり鈍重でよし

あたたかき冬の光を浴びてゆく右側の席名古屋駅まで

祝祭

幻想の砦となりてわが前に封鎖されたる大学あらはる

徹夜してガリ版切りしこともあり大学闘争佳境となりて

自治会室乱入事件学長室乱入事件後者に関はる

七〇年春から秋へただデモをするためにだけ東京へ行きし日々

嗚呼まざまざと思ひ出す赤坂見附交差点浮塵子のごとく機動隊押し寄す

敗走の学生たちは築地川に逃げ込みて行方知れずのA、B、C

祝祭を愉しみゐしか半世紀前のわれらは〈闘争〉の日々に

つげ義春のこと

なぜわれがつげ義春を読むのかと問ひきてはやも五十年経つ

何とまあつげ義春も傘寿を超え生きながらふるただに嘉せむ

「ガロ」といふ雑誌がありてつげ兄弟の漫画を読みき五十年前

「ねじ式」のあの少年が忘れられない夢にまで見ることはなけれど

「ねじ式」のあの機関車の在りかなど教へてくれたり川本三郎

つげの妻の絵日記を読みてそのたびに涙を流すわれにてありけり

藤原マキの絵日記は悲しくて悲しくて読むたびに涙す

ペットボトルの浮き鳥

生き生きて卒寿を超えしわが母の楽しみはこれ回る寿司屋ぞ

一週間前に訪ひしに「来ない、来ない」とわが母はまた愚痴を言ふとぞ

辻地蔵お顔の良さにほれこみて遠回りする夕べの散歩

幸せがここにあるよといふ顔でクリームパンを食べゐるをみな

鴨でなくペットボトルが群れとなり漂ひてゐる冬の川面を

人品

人品といふ言葉には無縁なる人が宰相たる国日本

かの国の大統領も人品の乏しく野卑な言動多し

腹いせに都合のよきかバシッバシッとＩＣカードを打ちつける有り

読みたしと思ふ歌集が届くのを待ち待ちてゐる幸せもあり

薬袋より錠剤取り出し次々にはふり込みゐる右横の人

化粧三昧

公衆の面前とふ語も廃れたりわが目の前の化粧三昧

日曜のＪＲＡ最寄り駅疲れた服が次々降りる

幾人か挙動不審の人物が混じるも列車の妙味と言はむ

引越しを終へてもいまだ片付かぬ段ボール箱あり大方書籍

なんとまあよくもこんなに溜めこんだ段ボール箱百を超えたり

庄野潤三

吉行と庄野を読みしのみなるか〈第三の新人〉といふ一群に

私小説長く読み来て今はただ庄野潤三、佐伯一麦のみ

淡々と日記のごとく綴られる日々の暮らしに酩酊のわれ

大震災知らずに庄野逝きしこと不意に思へり九月十一日

震災の二年前九月老衰により亡くなると年譜は記す

青鷺

ワンマンカー武豊行きが発車する大府の駅は知多の入り口

共和駅近くの小川夕方は固定客なる青鷺一羽

最寄り駅逢妻駅に名古屋より二十七分丁度で着きぬ

栄養をたっぷり摂ったエノコロがゆさゆさ揺れる駅の脇道

中国の観光客がぞろぞろと　誘導の旗に「富裕人生」

コンテナを乗せぬ貨物車颯爽と風をはこびて通りすぎゆく

駅頭に家族会議をするごとく中国人のかたまりのあり

聴雨　　二〇一九年

読みなれし二宮冬鳥の雨の歌いづれも聴雨の歌と今に悟れり

雨の音聞きわけゐしか冬鳥は夫人とともに庭を眺めて

雨を聴くただ雨を聴く草木《さうもく》の歓びのこゑ聞かむはいづれ

葉を打てる雨の韻きの伝はりて霜月朔日寺庭を去る

十一月六日　朝より雨、昼前には止まむか

紅葉をひかへし木々の葉を打てり朝よりの雨昼には止まむ

解体の作業工事の人の背容赦なく打つ今朝の強雨は

雨止めば北の風吹く霜月の半ばとなれど北風吹かず

霜月の歌会近き週末は雨と予報のありてうべなふ

予報故折り畳み傘持ちてゆきたれど雨には降られず帰る

短歌会館中庭に立つ木々に降り出す雨の声音の清し

心寄する北の歌人　初雪のいまだなき霜月いかにおはさむ

紅葉の終はらむとする里に来て雨が雪にいまし変はらむ

小春日の続く晩秋雨を請ふ一人となりて予報をながむ

侘助も師走の雨に降られては白き花殻落としてゐたり

ゆるゆると冬の来たりて律儀なる侘助の花ほつほつ咲きぬ

雨の後温き風あり朝顔のいまだ咲けるにほどよき温さ

「今宵温き雨を聴くかな」『四月の鷲』読みつつ見つくる言の葉嬉し

雨音のリズムにいまだ遠くしてただ聴きゐるのみのわれの極月

無様なる音たてゆるる葉をもつは葉蘭にあらむ遠き日のわが庭に

ほのぐらき朝の窓を打つ音のありて目覚めつつ雨と気づきぬ

三畳の書斎にこもり原稿にあぐねてをれば小窓うつ雨

昨夜降りし雨をおもへり街々を音無く濡らせし跡の遺りて

しがみつく落葉木の葉をなべて散らさむとする極月の雨

北国の図書館より送りこし図録には雨の傾き著き版画が

雨降らす雲は南に陣たつる見えそめひたに帰途を急げり

雨を待つ木々の思ひの伝はるかはつか曇りて雲の蝟集すらし

羊歯一族

清書されし元号蔵はるる部屋ありて鍵を持つ人の孤独と覚悟

元号があればややこしとはいへど無ければ無いで何か足りない

羊歯の葉の低く繁りて揺れゐるが苦節何十年を思はす

秋風にやむなく緑の葉を揺らし羊歯の一族しばし平穏

羊歯の葉をしばらく眺め孤独さへ楽しむものと慰撫されゐたり

侘助のほつほつ咲きておもむろに冬の来たるを告げ初むるなり

次々に黄色い帽子が乗り込みて教室となる朝の地下鉄

雛人形

冬を堪へ命ながらふる草々に仏の座ありはこべらのあり

美しき三人官女の細面ながめてあれば冬は逝きたり

久々に我が家の居間に出でませる雛人形は晴れ晴れとせり

細き目の雛人形の面々に見つめられてはきざす哀しみ

新しき家に住めるはわれらのみ雛人形は寄り添ひくるるや

首里城

小雨降る首里城内を巡りゆく日本の言葉に飢ゑて寂しく

首里城内見学コースを廻りつつ日本にあらずここは琉球

公設市場近くとありし古本屋ウララには行けずやむなく帰る

火曜日の夕刻なれど雑踏と言ふしかないな那覇国際通り

那覇空港宮脇書店にみつけたりウララの店主宇田さんの本

幸ひに遅延アナウンス流れきて宇田さんの本読み出す止まらず

自転車

老いといふ不如意がそつと忍び寄りある時ぬつと顔を突き出す

主待つ自転車の群れ雨風におのが身晒しひたすら耐へる

主来ぬ自転車もあり襲ひくる腐蝕にあらがふ術なきままに

わが前の女子高生は文庫本しばらく読みて後にスマホを

会はざればみな老いてゆく歌会にかつて集ひし人らは如何に

歌会ののちの宴の楽しきは歌の話の他には無きゆゑ

中の会シンポジウムの記録写真には歌人は多くサングラスかけゐき

弟子と教祖

権力のときをり見する恐ろしき貌の一つが去年の処刑か

何ゆゑに十三人がいちどきに処刑されしか未だに分からぬ

聡明な弟子たちは賢明な弟子にはあらずして信仰に死す

狂ひしか狂ひしふりを貫きて処刑されしか松本智津夫

弟子たちを救はむとする意志はなく教祖は黙し闇に消え去る

無念なり十三人は処刑されオウムの闇は永久に閉ざさる

弟子達を見捨てて己は狂人となりはてて死す松本智津夫

はや一年　麻原彰晃なる希代の教祖も処刑後は忘れ去らるるのみ

思春期万葉　　二〇二〇年

十八の我ゆすぶりし万葉集わけて家持さらに憶良も

孤独といふ翳さしきたる思春期の我を支へき万葉集は

万葉集巻五の歌を読み継ぎて憶良の歌に今も惹かるる

「いつまでもスマホ見てんじゃねえ」などと犬は言へずにひたすら待てり

ご主人はベンチでスマホ見てをれば犬は律儀にお座りを続く

駅伝の季節となれば駅伝を見るに如くなし直向きが良し

同人誌編集といふも駅伝に似てゐる気がす古稀にちかづき

わが書庫

一階の書庫に籠もりて溜め込みし雑誌の顔を眺めてやまぬ

頼まれし歌集を探せばここにゐるよと不意に歌集が合図をくれる

可動式書庫なれど本が溜まりてこの先は可動不可能にならむ

可動式書庫に甘えて二十余年本は溜まれど収穫は乏し

神保町

神保町巡り巡りて本を選る歓びおぼえしは教師初年か

若き日に迷ひに迷ひ買ひもとめし『群黎』は今書庫の奥処に

神保町巡ればうれし佳き本が目ざとくわれを見つけてくれる

百円の台に置かれし『白秋のうた』は待ちてゐき鈴木竹志を

神保町路地に入りゆき顔あげる柊書房はこのあたりかと

セイタカアワダチソウ

まだ花を咲かせしぶとく生きてゐるセイタカアワダチソウは師走の末に

生き継ぐは楽しきことと言ふやうだ師走の土手のセイタカアワダチソウ

外来種ゆゑの不遇を受けつつもセイタカアワダチソウは根性で生く

政治家のありさま言ふにふさはしき言葉なりけり「安直」といふ語

ミコアイサらしきが泳ぐ川渡る東海道線大高を過ぎ

鳥の名を覚えたくともわが庭に来るはヒヨドリ、スズメのたぐひ

「遙かなる師」を読みて

入会し三冊目となる「コスモス」に山本清の沼空論載る

「コスモス」一九七三年十月号、山本清「遙かなる師」を読む

沼空を宮先生を語りゆく　山本清は「遙かなる師」に

おのづから心鎮めて読みをりぬ山本清「遙かなる師」を

師を慕ひ敬ふ心充ち充ちて「遙かなる師」に心清まる

学徒らは身に付け戦地へ征きしとふ折口の詩「学問の道」を

折口こそ〈まれびと〉ではなかつたかと山本氏書くわれもしか思ふ

小千谷人山本清を思ひをり会ふことなくて声を二度聞く

宮柊二記念館いまだ訪はぬを「それはいけませんね」と氏は言ひたりき

退院はしたると田宮朋子さんより近況を聞く山本清氏の

父よりは二歳若かる山本氏よく透る声にてわれを励ます

三人の師を詠みたる歌の心ばへ受くるは嬉し『落葉樹林』

また開く『落葉樹林』にあらはるる懐かしき人　柊二、順三郎

亀城公園

春の花沈丁花の香マスクするわれにも届く清き香うれし

妻と来る亀城公園桜にはまだ数日かやむなく帰る

公園に桜まつり中止の看板が昨日は無くて今日は立ちたり

公園に松本奎堂の歌碑ありて揮毫者の名は川田順なり

天誅組総裁として自刃せし松本奎堂は刈谷人なり

大切な一冊として書庫にあり森銑三著『松本奎堂』

散歩

腰痛に最も良きは散歩なりと説かれ信じて散歩に精出す

鳥の名を十くらゐは言へたかな今日の散歩の収穫とせむ

桐の花咲きゐる橋のたもとより五百歩ほどで母のホームに

この春の終はりに咲ける桐の花うすむらさきが今年は染みる

隠棲はかくなるものかと眺めたり田の隅に息ふ番の鴨を

マスク長者

千人に一人はゐるかスーパーにアベノマスクをしてゐる人は

どの人も知り人に見ゆスーパーに出会ふマスクのあの人この人

たくはへしマスクがすでに五百枚超えて我が家はマスク長者に

二波三波無きを願へど店の棚マスクのあればついつい買ひぬ

マスクせぬ若者等ゐて蛮勇といふ語を想ふサカエ地下街

青空

青空に焦がるる梅雨のひと日にて泰山木はおもむろに散る

自粛の日々眺めし空が青空か記憶になくて多く曇天

不穏なる雲東西南北湧きたちて遂にわれらの青空は消ゆ

真相はいづくにありやこの春の青空一枚剝がしゆきしは

ベランダに衣服こぞれる雨上がり満艦飾とふ死語よみがへる

移動

長旅はできぬと思ふこの夕べまづは近隣周遊の旅

近隣を徒歩にて巡る旅なれど日々発見はありてうれしゐ

年内の遠出は無理かと断念しテレビにむかふ　独り観光

朝ドラも大河もすでに次回なく弥縫策なる再放送見る

マスクするをみなの手にはハンディファン必携ならむ名古屋の夏に

移動するリスクに耐へて人に会ふこの歓びを今さらに知る

移動する距離が短くなりゆきて東京はもう遥かに遠し

東京の街を楽しくあゆむ日を信じて今は耐へてゐるのみ

はとバスに乗りて巡るを楽しみに今は我慢の誌上ツアーをす

こゑを聞くもうそれだけで十分なはずなのに会へぬ分だけ長電話す

「復興五輪」

「復興五輪」唱へし人は職を辞し東北はまた置き去りとなる

むざむざと「復興五輪」の旗下ろされて政治家たちに矜持はあるか

復興相派閥人事で決められて福島はまた置き去りの秋

汚染されし土の処分の目途立たず復興はなほはるかに遠し

鴨の数

八ヶ月ぶりの酒席に酔ひはやし郡上大和に招かれ来たりて

紅葉の今年は良きと安らひて古今伝授の里をめぐりぬ

体調の悪しきを言へど酒を酌む速度ゆるめぬ内藤明氏

鴨のゐる水路を覗き鴨の数かぞへて帰る今日の散歩は

コンクリの護岸に止まり水辺には向かはぬ鴨のうらめしきかな

古本　　　　二〇二一年

会へぬ人多く住みゐる首都の街夢想の裡に闊歩するのみ

歌のこと語りたき人あまた住む東京といふ混沌の街

われを待つ古本たちに会ひにゆく予定が立たず　必ず行かむ

古書店の書棚に溜息つきてゐる古本たちの切なさ、悔しさ

「灯船」批評会

一年が経ちてしまへり新宿に集ひて歌の批評せしあの日より

一年が経ちてしまへり新宿に集ひし面々いかにおはすや

一年が経ちても開く目途たたぬ批評会なり同人たちよ

会ふことのかなはぬ日々の続きゐて消息はただ歌のみにて知る

二十冊編集し終へとりあへず三十号までの道筋を練る

年内に開催するを願ひつつまづは次号の編集をせむ

東京の夢を見るたび地下鉄の迷宮に入り出口をさがす

二次会の最中「灯船」開きだし歌の批評の続きをする人ら

酒よりも歌の話がしたいのか東京に集ふ同人たちは

歌が好きお酒が好きな面々がそろひて杯をかかげる日を待つ

辛口の批評もせむか「灯船」の批評会再開のその時来れば

母逝く

何ゆゑか茂吉の歌が浮かび来ぬ母の死の前母の死の後

わが母が好みて舐めしコーヒー飴買ふこともなしスーパーヤオスズ

『赤光』の茂吉の歌を思ひをり我が母の命終いよよ近きに

安らかにただ安らかに死せむこと祈るのみなり啓蟄の宵

子や孫の言葉幾何届かむや口は動けど声なき母よ

「路上」終刊号

終刊号遂に届きぬ四十年読み継ぎ、書きて来し「路上」誌の

数多なる恩義受けしよ　つくづくと「路上」終刊号を手にし

仙台に孤高の拠点かまへたる佐藤通雅百五十冊遂に刊行

妻も子も寝入りし夜半を書き継ぎて「岡井隆と未来」の稿成れり

手書きなる原稿数百枚書きて「路上」に送り掲載されゐき

四十年前初めて書きし評論が「路上」第三十七号に掲載となる

終刊号執筆者一覧に我が名ありて四十二回執筆と知る

届きたる「路上」を読めば怠惰なる己の今に思ひは至る

呪縛

感染の時代を生きる歌人のあはれこの世の生きのつたなさ

穏やかな朝を迎へる日は来るか感染者数の呪縛は続き

さは言へどこの世のほかに住むあてのなくてわれらは接種に頼る

臘梅の明かり灯りてこの世にはいまだ手強きウイルスの惨

感染者日毎に減りてゼロとなる日は夢のまた夢ならむ冬が来る

宮邸の玄関脇にかつて見しムラサキシキブは今我が家にも

お彼岸のお墓参りに大悟寺へ一人草刈る住職の母

歌の友

十月十一日、岡崎康行さん逝く

空漠の心といふはまさにあり訃報の一矢に傷を負ひつつ

立ち姿ほれぼれとせしことの幾度もありてもはや会へない

『曇り硝子』棚より出だし懐かしむ水郡線を書きたる章に

仙台に松戸に電話する夜半にしみじみ思ふ歌の友あることを

市川市塩焼在の人よりの電話にわれより妻のうろたふ

「たまさかに」とふ口癖の懐かしき京の歌人いかにおはすや

「相棒」は見て「科捜研」を見ぬわけが主演女優にあるわけでなく

茂吉読み茂吉の癖がうつること大いにありてけふのわれかも

鴨を見に妻と出かけて鴨はゐず徒労徒労とふたり嘆きぬ

安寧はわがめぐりにはあるとしてさて不穏なる時勢そろりと

あとがき

第三歌集『聴雨』をようやくまとめることができた。二〇一三年以降に詠んだ歌のなかから四六〇首を選んだ。「コスモス」、「棧橋」、「灯船」に掲載した歌がほとんどであるが、総合誌に掲載した歌も若干含まれている。

歌集の題は、妻と観た映画「日日《にちにち》是好日」の一シーンによる。この映画は、森下典子の茶の湯との関わりを書いたエッセイ『日日是好日』(新潮文庫)を映画化したものである。茶の湯はこれまで本格的に映画化されたことがなく、「史上初の現代劇のお茶の映画」として話題になり、主演女優等の好演もあって大ヒットした映画である。その一シーンで、「聴雨」という文字が書かれた掛け軸に出会ったのである。もちろん、そのシーンの外の光景は雨であった。このシーンを観て、雨は聴くものなんだなあという思いが不意に過った。そして、この体験をもとにして、雨を聴くというテーマで詠もうと決意した。それが「灯船」十二号に発表した「聴雨」と題した二十四首である。さらに言えば、その時点で次の歌集の題名は「聴雨」ということに決めてしまっていた。

この「日日是好日」という映画では、主人公役は黒木華が、主人公のお茶の先生は樹木希林が演じた。特に樹木希林は病を押して一ヶ月に渡る厳しい冬の撮影に取り組んだ。二人とも茶の湯の経験は皆無であったが、見事な演技で、女優というものが持つ天性の力量をまざまざと知ることになった。なお樹木希林は、残念ながら上映を待たずに亡くなられた。この映画作成の日々については森下の著『青嵐の庭にすわる』（文藝春秋）を読んでいただきたい。

歌稿を整理していて、挽歌が随分多いことに改めて気が付いた。年齢的には当然とは思う時期に詠んでいるのだが、それにしてもこんなに多くの人を見送っていたのだと思うと寂しい。宮英子さん、柏崎驍二さん、岡崎康行さんといったコスモスの先達。そしてかっての同僚や教え子の死、いずれも堪えた。父も母も逝き、本当に多くの人を見送った。

この歌集も六花書林の宇田川寛之氏にお願いした。装幀については、今回はかなりこだわり、注文の多さに宇田川氏も装幀担当の真田幸治氏も辟易としたのではないかと推察するが、注文を適えていただき深く感謝している。

二〇二一年四月

鈴木竹志

略歴

1950年　愛知県生まれ
1973年　コスモス短歌会入会
　　　　現在選者

著書
歌集　『流覧』、『游渉』
評論集『同時代歌人論』、『歌を読む悦び』、『孤独なる歌人たち』、
　　　『高野公彦の歌世界』
共著　『近代短歌十五講』

現住所　〒448-0047
　　　　愛知県刈谷市高津波町３－408

聴 雨

コスモス叢書第1211篇

2022年 6 月26日 初版発行

著 者――鈴 木 竹 志

発行者――宇田川寛之

発行所――六花書林
〒170-0005
東京都豊島区南大塚 3 - 24 - 10 マリノホームズ1A
電 話 03-5949-6307
FAX 03-6912-7595

発売―――開発社
〒103-0023
東京都中央区日本橋本町 1 - 4 - 9 フォーラム日本橋 8 階
電 話 03-5205-0211
FAX 03-5205-2516

印刷―――相良整版印刷

製本―――仲佐製本

定価はカバーに表示してあります
ISBN978-4-910181-30-1 C0092